Franz Toula

Kohlenkalk-Fossilien von der Südspitze von Spitzbergen

Antigonos

Franz Toula

Kohlenkalk-Fossilien von der Südspitze von Spitzbergen

Unveränderter Nachdruck der Originalausgabe von 1874.

1. Auflage 2024 | ISBN: 978-3-38631-375-9

Antigonos Verlag ist ein Imprint der Outlook Verlagsgesellschaft mbH.

Verlag: Outlook Verlag GmbH, Zeilweg 44, 60439 Frankfurt, Deutschland, info@outlook-verlag.de
Vertretungsberechtigt: E. Roepke, Zeilweg 44, 60439 Frankfurt, Deutschland
Druck: Libri Plureos GmbH, Friedensallee 273, 22763 Hamburg, Deutschland

Kohlenkalk-Fossilien von der Südspitze von Spitzbergen.

Von **Franz Toula**,
Professor an der Communal-Realschule im VI. Bezirk in Wien.

(Mit 5 Tafeln.)

Herr Oberlieutenant Julius Payer brachte von der unter der Führung des Herrn Schiffslieutenant Ant. Weyprecht glücklich zu Ende geführten Vorexpedition im Jahre 1871 eine nicht unbedeutende Menge von Gesteinshandstücken und Petrefacten nach Wien, welche er theils auf der grossen Insel am Süd-Cap von Spitzbergen, theils an der Westküste des Stor Fjordes, theils endlich auf Hope Island zu sammeln Gelegenheit hatte. Die Fossilien der ersten Localität gehören dem Kohlen- oder Bergkalke an, während die anderen mesozoischen Alters sind.

Professor Dr. Ferdinand v. Hochstetter übernahm die Sammlung in Verwahrung, bis über ihre endgiltige Bestimmung entschieden werden wird, und überliess mir auf mein Ansuchen das Material zur wissenschaftlichen Bearbeitung.

Am reichhaltigsten ist der Theil, welcher von der West- küste der grossen Insel am Süd-Cap stammt und im Nachfolgen- den bearbeitet ist.

Herr Oberlieutenant J. Payer gibt über die Lagerungs- verhältnisse dieser Localität folgende Angaben: Auf einem schwarzen schieferigen Gesteine mit NNW. Streichungsrichtung liegt ein ungemein petrefaktenreicher, grauer, beim Verwittern bräunlich werdender Quarzsandstein mit kalkigem Bindemittel.

Die zahlreichen Fossilien dieser Schichte sind zum grössten Theile nur als Steinkerne erhalten. Die vorherrschenden Formen sind dickschalige Productiden, sodann *Spirifer*-Arten und *Strepto- rhynchus crenistria* Phill. Der Erhaltungszustand ist nicht der beste.

Das Liegendgestein ist ein schwarzer Kalkschiefer, bestehend aus dünnen Kalkschichten, welche durch glimmerige Zwischenmittel getrennt sind. Stellenweise scheinen die Kalkschichten dickere Bänke zu bilden. Auch Neigung zur Nagelkalkbildung scheint vorhanden zu sein. Der schwarze Kalk ist hart und kieselig.

Der petrefaktenreiche Sandstein dürfte der oberen Abtheilung der Bergkalk-Formationen und zwar der von Professor Nordenskiöld[1] mit Nr. 4 bezeichneten Etage angehören, welche er an der Nordküste des Bel-Sundes als ganz ausgezeichnet fossilienreich beschreibt. Bemerkenswerth ist, dass die dickschaligen Productiden auch für die obere Abtheilung des Bergkalkes der Bären-Insel[2] charakteristisch sind.

Auf der schönen geologischen Karte, welche Professor Nordenskiöld von Spitzbergen angefertigt hat, ist die grosse Insel am Süd-Cap ohne geologische Bezeichnung geblieben.

Terebratula hastata Sow. var.

(Taf. I, Fig. 1 *a–g*.)

Unsere Exemplare stimmen in der äusseren Form mit der von Th. Davidson (British fossil Brachiopoda) Taf. 49, Fig. 21, abgebildeten Zwischenform von *T. hastata* Sow. zu *T. vesicularis* Dav. aus dem Kohlenkalke von Bowertrapping in Schottland überein, nur fällt die grösste Breite unserer Form mehr gegen den Stirnrand hin und ist die kleinere Klappe am Schlossrand in eine Spitze ausgezogen, welche aber, wie bei der citirten Abbildung von zwei seitlichen Furchen begleitet ist. Die grosse Klappe ist bei allen Exemplaren mit einer deutlichen Mittelrinne versehen. Diese ist in der Schnabelhälfte deutlich ausgeprägt, während sie gegen den Stirnrand hin verschwindet; am tiefsten ist sie in der Mitte des Steinkernes; ihr entsprach eine wenig vorragende Leiste in der grösseren Schale. Ausser dieser Mittelfurche sind an der Schlosslinie noch zwei kurze Seitenfurchen vorhanden. Die grosse Klappe ist ausserdem ihrer ganzen Ausdehnung

---

[1] Nordenskiöld: Sketch of the Geology of Spitzbergen.

[2] Oswald Heer: On the Carboniferous Flora of Bear Island. Quart. Journ. geol. soc. 1873, pag. 161—172.

nach muldig vertieft und zwar bei verschiedenen Stücken verschieden stark, immer aber am Stirnrande noch so merklich, dass eine schwache Lappung gegen die kleinere Klappe hin eintritt. Der Stirnrand ist halbkreisförmig.

Auf jeden Fall haben wir es mit einem weiteren Gliede in der von Davidson (l. c. pag. 213) besprochenen Formenreihe der *Terebratula hastata* Sow. zu thun. Die *Terebratula sacculus* Martin, welche von Davidson als Modification auch hieher gestellt wird (l. c. Taf. I, Fig. 23, 27, 29, 30 abgebildet) und *Terebratula Gillingensis* Dav. (l. c. Taf. III, Fig. 1) sind nahe verwandte Formen, doch unterscheidet sich erstere durch eine deutlichere Lappung des Stirnrandes, letztere durch die weniger gewölbten Klappen; bei den Figuren l. c. Taf. I, Fig. 18 bis 20, zeigt sich sogar eine auffallende Depression der kleinen Klappe in der Nähe des Stirnrandes.

Mit *Terebratula vesicularis* de Kon. ist eine Verwechslung nicht möglich wegen der ausgezeichneten Faltenbildung des Stirnrandes dieser Art.

Schliesslich sei noch auf die grosse Formähnlichkeit der *Terebratula elongata* Schloth. var. *sufflata* (Davidson: the permian Brachiopoda pag. 10, Taf. I u. II) hingewiesen, wie dies schon von mehreren Autoren (z. B. Prof. King und M'Coy) geschehen ist: die beiden seitlichen kurzen Furchen der grossen Klappe, welche vom Schlossrande herüberziehen, sind auch bei der besagten Art (l. c. Taf. I, Fig. 16, 17) deutlich sichtbar.

Die typische Form von *Terebratula hastata* Sow., wie sie Philipps (Illustrations of the Geology of Yorkshire) Taf. XII, Fig. 1, abbildet, ist weitaus grösser.

Die Dimensionen unserer Form sind:

das grösste Exemplar { 16 Mm. lang,
11 „ breit,
9 „ hoch;

das kleinste - { 12 „ lang,
10 .. breit.

Spirifer striatus Martin sp.

Von dem echten *Spirifer striatus* Martin, dieser, für den Kohlenkalk so bezeichneten Form, liegen mir Bruchstücke von grossen Exemplaren vor. Eines derselben stimmt in Bezug auf die allgemeine Form und die Beschaffenheit der Rippen mit dem von Davidson (brit. Carb. Brach.) Taf. III, Fig. 4, abgebildeten Stücke überein.

Die grosse Schale besitzt einen tiefen Sinus, und die Rippen zeigen bei gleicher Stärke derselben eine auffallende Anordnung zu Bündeln.

Die anderen Stücke stimmen in Bezug auf den Schnabel der grossen Klappe, die Grösse der Area und die grosse deltaförmige Öffnung in derselben mit der von Davidson (l. c. Taf. III, Fig. 5) abgebildeten Form von Cornacarron in Irland überein, an welcher auch die Bündelung der Rippen deutlicher hervortritt.

Professor Quenstedt weist in seiner Petrefaktenkunde Deutschlands, II. Bd. pag. 508, auf die Ähnlichkeit hin, welche in Bezug auf die Zahnstützen zwischen *Spirifer striatus* Mart. und *Spirifer paradoxus* Schloth. besteht. Diese Ähnlichkeit tritt bei einem der Exemplare von Spitzbergen Taf. I, Fig. 2 *a, b* noch deutlicher hervor, indem hier ausser der übereinstimmenden Beschaffenheit der Zahnstützen (es ist leider nur eine angedeutet), auch die Form des Steinkernes auffallende Ähnlichkeit zeigt mit dem des *Spirifer paradoxus* Schloth. sowohl, als auch, und zwar in noch erhöhtem Grade, mit der von Quenstedt (l. c.) Taf. 52, Fig. 42 *a.* abgebildeten, und *Spirifer paradoxoïdes* genannten Form. Übrigens zeigt unser Steinkern ein ganz anderes Verhalten zur Schalenrippung, er ist nämlich, bis auf einige wulstähnliche Erhöhungen, vollkommen glatt, während er bei *Spirifer paradoxoïdes* Quenst. Rippung zeigt.

Quer über die, auf das deutlichste dreizählig angeordneten Rippen zieht sich eine tiefe Furche; sie zeigt äusserlich die Grenze der inneren Schnabelwülste an. welche mich veranlassen, dieses Exemplar als

Spirifer striato-paradoxus nov. sp.

von *Spirifer striatus* Mart. abzutrennen, welche Trennung aber erst durch ein reichhaltigeres Untersuchungsmateriale ausführlich begründet werden kann.

Die Area dieser Form zeigt Spuren einer mit der Schloss-linie parallelen Streifung und feine darauf senkrechte Linien, ähnlich so wie dies bei *Spirifer distans* Sow. der Fall ist.

Erwähnung verdient noch die eigenthümliche Verkieselungs-erscheinung eines grossen, hieher gehörigen Bruchstückes (Taf. I, Fig. 2 c). Die Schale scheint nämlich aus einzelnen neben-einander liegenden, ihrerseits rosettenartig blätterigen Partien zu bestehen, deren lamellare Structur auf das deutlichste hervor-tritt. Über diese aus Chalcedon bestehenden Rosetten hin sieht man die verwischten Rippen ziehen.

Dimensionen: Mittleres Exemplar von *Spirifer striato-paradoxus* nov. sp.:

$$\text{grosse Klappe} \begin{cases} 74 \text{ Mm. breit,} \\ 37 \text{ „ lang.} \end{cases}$$

$$\textit{Spirifer striatus,}\ \text{grosse Klappe} \begin{cases} 90 \text{ „ breit,} \\ 40 \text{ „ lang.} \end{cases}$$

Der Schnabelwulst von *Spirifer striato-paradoxus* 20 Mm. breit, 28 Mm. lang.

Spirifer Wilczeki nov. sp.

(Taf. I, Fig. 3.)

Ich war anfangs geneigt, die in ziemlich grosser Anzahl vorliegenden Exemplare dieser Art als *Spirifer bisulcatus* Sow. var. zu beschreiben, die eingehendere Vergleichung hielt mich jedoch davon ab.

Der Unterschied liegt in der ganz verschiedenen Rippung der Schale. Während nämlich bei *Spirifer bisulcatus* Sow. (Davidson brit. Carb. Brach. pag. 31, Taf. 4—6) die Thei-lung oder Bündelung der Rippen zu den Seltenheiten gehört, ist sie bei allen unseren Stücken Regel. Die am nächsten stehende Form ist l. c. Taf. VI. Fig. 12 b abgebildet, sie zeigt Zweithei-lung bei einigen der Rippen. In Bezug auf die Gestalt der

Schale stimmt unsere Art mit *Spirifer bisulcatus* Sow. überein. Die Schlosslinie ist nur wenig kürzer als die grösste Schalenbreite, der Wirbel der grossen Schale ist stark gekrümmt und dem der kleineren ziemlich genähert. Letztere ist weniger gewölbt als die grosse Klappe, und zeigt einen wenig auffallenden Mittelwulst. Die Area ist von mittlerer Weite und mit, auf der Schlosslinie senkrecht stehender Streifung versehen. Die Rippen der kleinen Klappe sind gegen die Schnabelspitze hin zu zwei oder drei in eine verschmolzen, während sie am Stirnrand durch Furchen deutlich geschieden sind. Zwischen den einzelnen Bündeln sind die Furchen stärker vertieft. Die zwei auf der Schalenmitte befindlichen Bündel sind durch einen weiteren Zwischenraum geschieden. Die grosse Klappe ist in einen verhältnissmässig grossen Schnabel ausgezogen, in dessen Mitte eine Furche beginnt, welche sich weiterhin gegen den Stirnrand zu sehr erweitert und vertieft, und an beiden Seiten von Rippenbündeln begrenzt ist. Die Rippen sind zu dreien in je einen Bündel vereiniget und zwar so, dass in der Regel die mittlere gröber ist und von zwei seitlichen schwächeren begleitet wird. Die den Sinus begrenzenden Bündel sind sehr grobrippig, die darauf folgenden werden allmälig zarter. An den stark abgewitterten Stücken sind die seitlichen ferneren Rippen der einzelnen Bündel verwischt, so dass sodann die Klappe mit 16—20 schön gerundeten derben Rippen bedeckt erscheinen, an denen man nur bei genauerer Betrachtung die Entstehung aus den Rippenbündeln erkennt.

Spirifer duplicosta Phill. (Davidson brit. Carb. Brach. Taf. IV, Fig. 3—11) ist ebenfalls eine verwandte Art, er zeigt bei viel zarterer Rippung eine erst in der Nähe des Stirnrandes auftretende Theilung der Rippen.

Die l. c. Fig. 4 als Varietät von *Spirifer duplicosta* Phill. abgebildete Form zeigt unter allen anderen noch die grösste Ähnlichkeit.

Die Schalen zeigen dieselbe rosettenartige Exfoliation, wie dies bei *Spirifer striato-paradoxus* angegeben wurde.

Dimensionen: Die grosse Klappe von einem grossen Exemplare ist circa 60 Mm. breit und 46 Mm. lang.

Das Fossil wurde nach dem hochherzigen Förderer der österreichischen Polar-Forschungen, dem Herrn Grafen Hans Wilczek, benannt.

Spirifer spec. ind.
(Taf. II, Fig. 1 u. 2.)

Es liegen einige Steinkerne vor, deren nähere Artbestimmung nicht möglich ist. Auf jeden Fall gehören sie einer Form an, welche durch einfache und sehr derbe Rippen ausgezeichnet ist. An einem dieser Stücke, Taf. II, Fig. 2 (einer kleinen Klappe) zeigen sich einige anzuführende Details. Die Rippen sind ziemlich von gleicher Stärke und in gleichen Abständen angeordnet, nur die beiden mittleren sind auffallend weiter von einander entfernt und zeigen die, durch feine Furchen und zarte Leisten markirten Ansatzstellen der Schliessmuskeln, und zwar ziemlich in der Mitte der Schale. Am Schnabel erweitert sich die Medianfurche etwas und wird hier von zwei stumpfen Höckern begrenzt, gegen welche die Rippen zusammenlaufen.

Bei einem anderen sehr grossen Steinkerne Taf. II, Fig. 1, sind die zwei mittleren Rippen besonders gross, die beiderseits darauffolgenden sind einfach, die nächsten aber zeigen Dichotomie. Dieses Stück erinnert etwas an *Spirifer aricula* Strltzk. (Physical Description of New South Wales and Van Diemensland Taf. XVII, Fig. 6.)

Dimensionen des grossen Stückes: 88 M. breit, circa 55 Mm. lang.

Rhynchonella (Camarophoria) crumena Martin sp.

Von einem *Rhynchonella*-artigen Fossil liegt mir ein unvollständiges Exemplar vor, welches mit der von Davidson abgebildeten Form, l. c. Taf. XXV, Fig. 9, übereinzustimmen scheint. Es ist eine grosse Klappe, welche die charakteristische, flach concave Form zeigt und circa 22 vom Stirnrande bis über die Mitte der Schale verlaufende, den Schnabel aber nicht erreichende, ziemlich gleich starke Rippen trägt. Der Schnabel ist verlängert und etwas übergekrümmt. Die Schale hat einen dreiseitigen Umriss und ist breiter als lang.

Dimensionen: grösste Breite 13 Mm., Länge circa 10 Mm.

Orthis Keyserlingiana de Kon?

de Koninck: Description anim. foss. Carb. Belgique Taf. XIII, Fig. 12.
Davidson: Brit. Carb. Brachiopoda. Taf. XXVIII. Fig. 14.

Von Spitzbergen liegt ein Fossil vor, welches in seiner Form am besten mit *Orthis Keyserlingiana* de Kon. übereinstimmt. Da nur eine grosse Klappe vorliegt, erlangt aber die Bestimmung nicht die volle Sicherheit. Der Umriss ist subquadratisch. Von dem wenig vorragenden Schnabel ausgehend, zieht sich ein tiefer Sinus mitten über die Schale hin und verbreitert sich gegen den Stirnrand. Die Schalensculptur ist sehr unvollständig erhalten, doch scheint eine zarte Streifung und eine concentrische Furchung vorhanden gewesen zu sein. Die deutlich sichtbare Punktirung des Steinkernes deutet auf die feinen Röhrchen hin, welche nach Davidson (l. c. pag. 132) die Schale durchbohrten.

Dimensionen der grossen Klappe: 17 Mm. breit, 14 Mm. lang und 4 Mm. hoch.

Streptorhynchus crenistria Phill. sp.
(Taf. III.)

Synonyme bis 1863 in Davidson Brit. Carb. Brachiopoda.
1871 *Orthis umbraculum* Quenst. Brachiopoden pag. 574, 578.
1873 *Orthothetis crenistria* de Koninck (Carbon. Foss. de Bleiberg).

Dieses weit verbreitete Fossil gehört auch unter den Brachiopoden von Spitzbergen zu den häufigen, es liegen mir davon eine grössere Anzahl von Exemplaren vor (zum grössten Theile Steinkerne), welche sich gegenseitig so ergänzen, dass über die Form des Thieres manches Detail gegeben werden kann. Der allgemeine Umriss ist fast kalbkreisförmig, nur tritt in Folge der Mittelfurche der kleinen Schale eine Ausrandung am Stirnrande ein, wie dies bei der von Davidson (l. c.) Taf. XXVII, Fig. 8 abgebildeten *Streptorhynchus crenistria* var. *Kellii* M'Coy von Monaghan in Irland der Fall ist. Der Schlossrand ist gerade um etwas kürzer als die grösste Breite der Schale. Der Schlossapparat ist an den Steinkernen zum Theile ersichtlich. Zu jeder Seite des Wirbels der kleinen Schale zieht sich eine sehr tiefe Furche hin.

Die Area der grossen Schale ist weit, dreieckig und undeutlich gestreift, die dreieckige Schale ist mit einer convex gewölbten, parallel zum Schlossrand gestreiften Platte, dem *Pseudo-Deltidium*, gedeckt. Die Area der kleineren Klappe ist linear. Diese ist convex gewölbt, aber in der Nähe des Schlosses eingedrückt und auf der Mitte mit einer bei verschiedenen Stücken sehr verschieden ausgebildeten Vertiefung versehen, die gegen den Stirnrand zu besonders weit ist, während sie in der Nähe des Schnabels verschwindet.

Diese Klappe ist ausserdem radial gestreift und mit einigen (4—5) seichten und weiten concentrischen Furchen versehen. Die dem Wirbel zunächst liegende umgrenzt den Raum der Muskeleindrücke, welche sich als nicht allzu deutliche lineare, etwas verästelte, unregelmässig vertheilte Furchungen zeigen.

Die grosse Schale ist in der Nähe des kurzen Schnabels convex gewölbt, vertieft sich aber gegen die Mitte zu. Die Vertiefungen sind aber, ebenso wie die Wölbungen der kleinen Klappen, nicht ganz regelmässig, und durch einen deutlich entwickelten, bis zum Stirnrand sich erstreckenden flachen Rücken in zwei Längsgruben geschieden.

Die Schalen selbst sind von ziemlicher Dicke (bei einem unserer Stücke bis 3 Mm. dick) und mit Falten versehen. Aber auch diese sind nicht regelmässig und von verschiedener Stärke. Schalenabdrücke lassen gegen den Stirnrand eine dichotomische Theilung der Rippen erkennen, sowie die Neigung zu einer Bündelung derselben.

Auf den Steinkernen zeigen sich die Eindrücke gegen den Rand deutlich ausgedrückt, gegen den Schnabel hin werden sie aber allmälig verwischt. Die Steinkerne zeigen recht interessante Muskeleindrücke. In der Mittellinie der Schale befindet sich eine tiefe Furche, welche sich gegen den Schnabel hin sehr erweitert. Sie erstreckt sich bis in die Mitte der Klappe. Ausserdem sind zwei seitliche gekrümmte, grubig vertiefte Eindrücke vorhanden. Diese umgrenzen den convexen Schalentheil und repräsentiren die Ansatzstellen der Schliessmuskeln. Sie zeigen im Allgemeinen einen blattförmigen Umriss und sind auf der Oberfläche von Furchen durchzogen, unter denen einige besonders hervortreten.

Die von **Davidson** l. c. (Taf. 53, Fig. 3) gegebene schöne Abbildung der Muskeleindrücke stimmt mit den an den Exemplaren von Spitzbergen wahrnehmbaren Eindrücken nicht überein — doch ist hier eine kurze tiefe Furche auf das deutlichste zu beobachten.

Streptorhynchus crenistria ist wohl eines der verbreitetsten Carbonfossilien, man kennt diese Form nun schon aus England, Schottland, Irland, Belgien, Amerika (Keokuk, Iowa, Warasow, Narrao, St. Claircountry, Illinois etc.), Indien (Mooiakhade und Pendschab), von Australien (Tasmanien) und Spitzbergen.

Dimensionen: am Schlossrand 80 Mm. breit, grösste Breite 90 Mm., Länge der grossen Schale 64 Mm., die der kleinen Schale 56 Mm., Höhe der kleinen Klappe 14 Mm.

Strophalosia spec. ind.

(Taf. II. Fig. 5.)

Es liegen mir einige Stücke vor, welche in Bezug auf die Gestalt des Umrisses und der Grösse an *Orthis Michelini* Léveillé erinnern (**Davidson** brit. Carb. Brach. XXX, Fig. 6 bis 12). Doch ist die Sculptur und Krümmung der Schale eine andere. Von einem Exemplar ist eine kleine Schale gut erhalten; diese zeigt eine kurze Schlosslinie und ist an dem Stirnrande wohl dreimal so breit. Die Oberfläche ist flach, sogar etwas concav, mit concentrischen Streifen versehen und über und über mit kleinen Tuberkeln bedeckt, den Röhren-Ansatzpunkten entsprechend. Letztere Eigenschaft dürfte die Bestimmung der Gattung erlauben. Ein Abdruck der Innenfläche einer kleinen Klappe zeigt den Schlossapparat ganz gut: Eine Furche zieht vom Schlossrande gegen die Mitte der Schale, sie vertieft sich am Schlosse selbst und ist hier jederseits von einer Grube begleitet; die zwei kurzen Leisten entsprechen den, die Schlosszähne der grossen Klappe aufnehmenden Schlossgruben. Über diesen sind weitere zwei Gruben sichtbar, welche durch eine mittlere Leiste von einander geschieden sind.

An beiden Seiten der Mittelfurche (einer Leiste entsprechend) sind zwei seichte Eindrücke bemerklich, die den Schliessmuskel-Ansätzen entsprechen, ausserdem nur noch unbedeutende Vertiefungen.

Dimensionen: grösste Breite 24 Mm., Breite am Schlossrande 11 Mm., Länge der kleinen Schale 23 Mm.

Productus Payeri nov. spec.

(Taf. IV, Fig 1. 2. 3.)

Das häufigste unter den vorliegenden Fossilresten von der Südspitze Spitzbergens ist ein *Productus,* dessen grosse Steinkerne den inneren Bau recht vollständig erkennen lassen. Über die Beschaffenheit der Schalenoberfläche geben einige Stücke, an denen die kleinen Klappen erhalten sind, einige Aufschlüsse. Sie waren sehr dick, denn bei einem Bruchstücke ist die Schale trotz weit vorgeschrittener Verwitterung noch fast einen halben Zoll mächtig.

Die Gestalt des Umfanges ist von der kleinen Klappe her betrachtet, fast rechteckig, mit gekrümmten Stirn- und Seitenrändern und vorwaltender Längendimension, die Schlosslinie von gleicher Länge mit der grössten Schalenbreite. Der ungemein kräftige Schnabel ragt weit über den Schlossrand hinaus. Die kleine Klappe ist flach und zeigt zwei seitliche Vertiefungen welche ähnlich wie bei *Productus pustulosus* Phill. (de Koninck: *Productus* und *Chonetes,* Taf. XIII, Fig. 6) durch einen sanft gewölbten mittleren Kamm von einander verschieden sind. Dieser erstreckt sich bis an den Stirnrand. Die Oberfläche erscheint gegen den Schlossrand zu glatt oder doch nur fein gestreift, gegen die übrigen Ränder hin aber ähnlich wie *Productus punctatus* Mart. sp. zart punktirt. Auch concentrische Linien sind angedeutet.

Die grosse Klappe zeichnet sich durch die kühne Wölbung aus. Dies zeigt sich am schönsten bei der Ansicht gegen den Schlossrand zu. Die Schale steigt von den Seitenrändern bei unveränderten Exemplaren unter einem Winkel von 80 Grad an, bis die Höhe fast der grössten Schalenbreite gleich ist, sie wölbt sich sodann jederseits in Form eines Viertelkreises von kleinem Halbmesser über, um auf der Mitte einen tiefen Sinus zu bilden. Ursache dieser ungemein starken Wölbungen sind die sehr stark entwickelten, mit tiefer Längsfurchung versehenen Schlossmuskel-Ansatzstellen. Im Grunde der zwischen diesen Muskelwülsten gelegenen tiefen Einsenkung liegen die schön verzweigten, „blumigen“, Schliessmuskel-Ansätze, die auf stärker abgewitterten Stücken besonders schön zu sehen sind. Vor diesen Eindrücken befinden sich tiefe Furchen, welche durch einen mittleren Kiel von einander getrennt sind, und zwar liegen beiderseits eine tiefere zunächst dem Kiel, und eine kürzere und weniger tief eingegrabene gegen die Muskelwülste hin. Der Schnabel selbst ist glatt, ohne deutliche Eindrücke. Vom Schlossrande ist er jederseits durch eine tiefe Rinne geschieden. Hinter den gestreiften Muskelwülsten zieht eine seichte Furche quer über die Schale. Bis hieher reicht der so auffallend tiefe Sinus mit den Schliessmuskel-Ansätzen, weiterhin zieht nur eine viel seichtere Mittelfurche sich allmälig erweiternd bis zum Stirnrande. An den Seiten der Schalen ziehen parallel der Muskelstreifung mehrere Furchen, worunter besonders eine deutlich hervortritt.

Die innere Oberfläche der grossen Schale besass kleine Höckerchen, welche auf den Steinkernen als kleine Grübchen sich ausprägen (Röhrenansätze?) und zwar besonders gegen den Stirnrand hin, während sie gegen die Schalenmitte allmälig undeutlicher werden und endlich ganz verschwinden.

Der Abdruck der Innenfläche der kleinen Klappe zeigt kleine unregelmässig gestellte Wärzchen in grosser Menge. An einigen stark abgewitterten Stücken ist die von de Koninck (Descr. an. foss. Carb. Belg. Taf. VIII, Fig. 1 u. 2), bei *Productus punctatus* Martin sp. und *Productus Martini* Sow. gezeigte Erscheinung tiefer Löcher im Schnabel sehr schön zu beobachten, so dass es scheint, als sei der Schnabelkern nichts als eine Ausfüllung der in einem früheren Stadium vorhandenen Öffnung (für einen Haftmuskel). Einer dieser Steinkerne zeigt eine tiefe Grube im Schnabel der grossen Klappe, mit einer zarten mittleren Leiste. Diese Grube setzt sich auch über die Mitte der kleinen Schalenklappe, zwischen den beiden „blumigen“ Muskeleindrücken, als eine, am Schlossrande breite dreiseitige Furche, bis an den Schlossrand hin fort, einer Leiste an der Innenfläche der kleinen Schale entsprechend. In der erwähnten Schnabelgrube steckt bei anderen Stücken noch ein Theil der die Schnabelspitze bildenden deutlich lamellaren Kalkmasse. Die Gestalt des kräftig entwickelten Schnabels variirt übrigens bei verschiedenen Stücken, indem er bei einigen kürzer und gedrungener, bei anderen in die Länge gezogen erscheint, wodurch sich zwei Varietäten aufstellen liessen, eine typische Form mit sehr dicken Schlossmuskelwülsten und gedrungenem Schnabel und eine zweite mit in die Länge gestrecktem geraden Schnabel und etwas weniger dicken Schlossmuskelwülsten.

Von den verwandten Formen wurden *Productus punctatus* Mart. sp. und *Productus pustulosus* Phill. schon angeführt, sie sind durch die gegebene Beschreibung deutlich zu unterscheiden, *Productus pyxidiformis* de Kon. (nach Quenstedt zu *Pr. pustulosus* Phill. gehörig) steht in der Nähe, ebenso *Productus brachythaerus* G. Sow. (Strzelecki: Phys. descript. of New South Wales, Taf. XIV, Fig. 4), obwohl sich nach der vorliegenden Abbildung und kurzen Beschreibung der letzteren Form die Verwandtschaft nicht deutlicher bestimmen lässt. — Die seitlichen Furchen erinnern an *Productus sublaevis* de Kon. (wie ihn z. B. Davidson: brit. Carb. Brachiopoda Taf. XXXI, Fig. 1 abgebildet hat), doch ist die Krümmung der Schale eine andere, der Schnabel bei *Pr. sublaevis* auffallend eingerollt, während er bei unseren Stücken mehr weniger gestreckt erscheint.

Nur wenige Exemplare liegen mir vor, bei welchen der Schnabel eine ähnliche Einkrümmung zeigt, doch sind dieselben so unvollkommen erhalten, dass eine nähere Vergleichung nicht erfolgreich ausgeführt werden kann. Es sei nur erwähnt, dass bei einem dieser fraglichen Stücke ober der löcherigen Partie der grossen Schale eine mit feinen Längsfurchen versehene Zone folgt. Wir haben es hier wohl mit einer anderen Art zu thun.

Dimensionen: Breite des Schlossrandes 60 Mm., Länge der kleinen Klappe 62 Mm., die der grossen 72 Mm., Höhe der Schale am Wulste 35 Mm., in der tiefen Mittelfurche 28 Mm.

Productus Weyprechti nov. spec.

(Taf. V, Fig. 1—3.)

Aus den grossen Gesteinsstücken, welche Herr Oberlieutenant Payer von der Südspitze Spitzbergens mitbrachte, liessen sich eine grössere Anzahl von Exemplaren eines kleineren Productiden herauspräpariren, der sich mit keiner bis jetzt beschriebenen Art in volle Übereinstimmung bringen liess. Das vorliegende Material ist jedoch hinreichend, um die zur Artbegründung nothwendige Beschreibung vornehmen zu können. Leider liegen nur die grossen Schalen vor.

Die Schale ist sehr stark gewölbt und ganz auffallend gekrümmt. Von der Seite betrachtet, zeigt sich die merkwürdige Krümmung am besten: Vom Schnabel aus hebt sich die Schale in Form eines Viertelkreises, zieht sich sodann eine Strecke weit weniger gekrümmt, fast geradlinig hin, um sich plötzlich fast rechtwinkelig umzubiegen, so dass das dritte Schalenstück mit dem ersten in gleicher Richtung steht. Eine ähnliche Schalenkrümmung zeigt *Productus expansus* de Kon. (Monogr. des genr. *Productus* et *Chonetes*, Taf. VII, Fig. 3), mit welcher Art ich die Spitzberger Form anfänglich zu identificiren geneigt war, bis mir der (l. c. Taf. XVIII, Fig. 2) abgebildete Steinkern, der uns, so weit dies angeht, das Thier selbst repräsentirt, die auffallenden Unterschiede zeigte. Der Schnabel ist kräftig, stark eingekrümmt und ragt nur wenig über den Schlossrand hinüber. In der Nähe der Schnabelspitze beginnt ein tiefer Sinus von ansehnlicher, aber bis gegen den Stirnrand hin fast gleichbleibender Weite, der die Schale in zwei Partien von beinahe halbkreisförmigem Querschnitte scheidet. Der Abfall nach den Seiten hin ist sehr steil, so dass die Schale von den Seitenrändern fast rechtwinkelig ansteigt. Parallel verlaufende Riefen von gleicher Stärke ziehen sich in gleichen Abständen von einander über die ganze Schale hin. Stachelansatzstellen sind nicht deutlich sichtbar. Die Steinkerne sind sehr eigenthümlich und erinnern etwas an *Productus humerosus* Sow., wie er von Quenstedt (Petrefactenkunde Deutschlands II. Bd. Brachiopoden pag. 632. Taf. 59, Fig. 18) von Ratingen und von Davidson (brit. Carb. Brach. Taf. XXXVI Fig. 12) von Breedon abgebildet und beschrieben wird.

Der Schnabel ist auffallend zugespitzt und eingekrümmt, zwei tiefe Furchen sind zwischen ihm und die beiden Schlossränder eingegraben, eine weitere Furche, quer über die Schale ziehend, trennt ihn von dem hinteren Theil derselben. Hinter dieser Querfurche erheben sich zwei durch eine ungewöhnlich tiefe Einsenkung getrennte cylindrische Wülste. Diese sind der Länge nach scharf gestreift (Ansatzstellen der Schloss- oder Öffnungsmuskeln, *Cardinalis*). In der Mitte der, besonders in diesem Theile, stark vertieften Furche erhebt sich eine Leiste und sind zu deren beiden Seiten die verästelten „blumigen‟ Eindrücke der Schliessmuskeln deutlich sichtbar. Eine zweite Querfurche trennt die längsgestreiften Wülste, welche beinahe den dritten Theil der Schale einnehmen, von den übrigen Theilen der Schale ab. Diese schwillt hinter der Querfurche zu rundlichen Höckern an, welche den Sinus verengen und ausfüllen, so dass er sich als eine seichte Furche bis an den Stirnrand hinzieht. Die Oberfläche ist längsgestreift, doch stellen sich bald unregelmässig vertheilte grubige Vertiefungen ein. Die letzteren Details lieferte ein besonders grosses Stück in ausgezeichneter Weise.

Die Dicke der Schale ist ansehnlich, bei den kleineren Exemplaren 2—3 Mm.

Dimensionen der kleineren Exemplare: Am Schlossrande 25 Mm. breit, Länge der grossen Klappe 24 Mm., grösste Höhe am Schlossrande 12 Mm., in der Mittelfurche 8 Mm., Entfernung der beiden gestreiften Muskelwülste 9 Mm., Länge derselben 17 Mm. — Das grosse Exemplar circa 60 Mm. breit und 56 Mm. lang, die gestreiften Muskelwülste 25 Mm. entfernt, dieselben bis zur Querfurche circa 25 Mm. lang.

Von einem kleineren *Productus* liegen einige Abdrücke der kleineren Klappe vor, welche die verschiedenen Eindrücke der Weichtheile erkennen lassen (Taf. V, Fig. 4).

Eine Mittelfurche zeigt das Vorhandensein einer in der Nähe des Schlossrandes besonders stark entwickelten Leiste an. Rechts und links davon sieht man unregelmässige Eindrücke, die Ansatzstellen des Schliessmuskels und die sogenannten nierenförmigen Eindrücke.

Es ist sehr möglich, dass wir es hier mit, zu *Productus Weyprechti* nov. sp. gehörigen Stücken zu thun haben.

Productus Koninckianus Vern.

(Taf. II, Fig. 4.)

Davidson: Brit. Carb. Brachiopoda. Taf. LIII, Fig. 7.

Die Schale ist mit feinen dicht stehenden Streifen bedeckt, auf welchen ziemlich gedrängt die Ansatzstellen der *Spinulae* sich in Form kleiner länglicher Wülstchen erheben. In der Nähe des auffallend in die Länge gezogenen Schnabels ziehen Querrunzeln vom Schlossrande hinauf, um auf der Mitte der, hier etwas eingedrückten Schale zu verschwinden. Unsere Exemplare sind leider alle etwas verdrückt, so dass über den allgemeinen Umriss der Schale kein bestimmter Ausspruch möglich ist.

Productus carbonarius de Kon. hat auch einige Ähnlichkeit, besonders in Bezug auf die Krümmung der Schale in der Nähe des Schnabels, doch ziehen bei dieser Form die Querfurchen über die ganze Schale; die Abbildung von de Koninck (Descr. an. foss. carbon de Belgique Taf. XII, Fig. 1) ist überdies ärmer an Stachelspuren. *Productus Villiersi* d'Orb. von *Bolivia* (d'Orbigny: Amér. mérid. Taf. IV, Fig. 13, 14) ist eine jedenfalls nahestehende Form; sie ist besonders einem ganz kleinen Exemplar von Spitzbergen ähnlich.

Productus Koninckianus ist eine etwas seltenere Art. In England wurde sie nur in Yorkshire gefunden, in Belgien selten in Visé, und in Russland an der Soiwa im Petschoraland.

Dimensionen: Die grosse Klappe 22 Mm. lang, grösste Breite ebenso gross.

Productus Humboldti d'Orb.

(Taf. II, Fig 3 a, b, c.)

d'Orbigny: Voy. dans l'Amer. mérid. Vol. III. Taf. V, Fig. 4—7.
Keyserling: Reise in das Petschoraland, pag. 201. Taf. IV, Fig. 3.
de Koninck: *Productus* et *Chonetes*, pag. 114. Taf. XII, Fig. 2 a, b, c.
Eichwald: *Leth. rossica.* Vol. I b, pag. 887.

Über die Zugehörigkeit einiger Stücke von Spitzbergen zu dieser Art kann kein Zweifel obwalten, da die so bezeichnende Sculptur der Schale sehr wohl erhalten ist. Die Schale war bei dieser Form sehr dünn, denn die Steinkerne zeigen auf ihrer ganzen Oberfläche die langgestreckten, fast linearen, nach beiden Enden in Spitzen auslaufenden Wärzchen, wodurch sie an *Productus scabriculus* Mart. spec. erinnern. Die Wärzchen sind auf der ganzen Schale so ziemlich von gleicher Grösse. Sie sind nicht ganz regellos angeordnet, sondern stehen in Reihen hinter einander, die vom Schnabel aus, wie es schon Keyserling (l. c. pag. 202) an den von den Ufern der Soiwa mitgebrachten Exemplare beschreibt, strahlenartig auszulaufen scheinen.

In der Mitte der Schale ist ein ziemlich breiter, aber wenig tiefer Sinus deutlich wahrnehmbar, der sich bis gegen die Schnabelspitze hinzieht. Der Schnabel ist bei unseren Exemplaren auffallend schlank und stark eingerollt. Die Querrunzeln sind in der Nähe des Schlossrandes deutlich entwickelt, ziehen sich aber nirgends bis zur Schalenmitte hinauf.

Ähnlichkeit hat auch das von de Koninck (Prod. et Chon. Taf. XVI, Fig. 9) als Varietät des *Productus pustulosus* beschriebene und abgebildete Exemplar von Ratingen unweit Düsseldorf, eine Übergangsform zwischen beiden Arten, von *Productus Humboldti* unterschieden durch den weniger entwickelten, kürzeren und weniger eingerollten Schnabel. Für die nahe Verwandtschaft zwischen *Productus Humboldti* d'Orb. und *Productus pustulosus* Phill. (mit dem Professor Quenstedt: Brachiopoden pag. 626, auch *Productus pyxidiformis* de Kon. und *Productus Leuchtenbergensis* de Kon. vereiniget) spricht auch das Vorhandensein eines breiten abgegrenzten Saumes, der mit zarteren Tuberkeln besetzt ist, welchem auf den Steinkernen eine Zone mit feinen Löchern entspricht, wie es Keyserling an den Exemplaren von der Soiwa (l. c.) beschreibt.

Prof. Quenstedt wundert sich, dass kein Schriftsteller diese merkwürdige Erscheinung erwähnt, die er an *Productus pustulosus* beobachtete, während sie doch Graf Keyserling auf das deutlichste beschreibt — freilich nur an der verwandten Form, dem *Productus Humboldti*.

Unsere Stücke unterscheiden sich von denen aus dem Petschoralande durch etwas gröbere und nicht ganz so gedrängt stehende Pustelreihen.

Schliesslich sei noch erwähnt, dass an einem hieher gehörigen Bruchstücke einer grossen Klappe auf der Mitte derselben,

die „blumigen" verzweigten Muskeleindrücke deutlich sichtbar
sind.

Dimensionen: Grosse Klappe circa 40 Mm. lang, grösste
Breite circa 45 Mm., die Höhe 15 Mm.

Productus spec. ind.

Nur ein etwas verdrücktes Exemplar einer sehr schlanken
Form liegt mir vor, dessen Erhaltungszustand keine nähere
Bestimmung zulässt. Der Schnabel ist stark eingekrümmt, die
Schale sehr convex ohne Sinus, auf der Oberfläche mit parallel
verlaufenden feinen Ritzen bedeckt, welche sich einzeln über die
ganze Schalenoberfläche verfolgen lassen, an verschiedenen
Stellen aber verschieden tief eingegraben sind.

Vom Schlossrand aus ziehen sich wulstige Querrunzeln an
den Seiten hinan, ohne aber die Höhe zu erreichen. Mit der von
M'Coy (Synopsis of the characters of the carb. limestone fossiles
of Ireland pag 109. Taf. 20, Fig. 16) als *Productus flexistria*
angeführten Form, welche Davidson (brit. foss. Brach. part.
V, pag. 149) eingezogen und als eine Varietät des *Productus
semireticulatus* Martin bezeichnet hat, stimmt sie einigermas-
sen überein. Auch *Productus semireticulatus* var. *Martini* Sow.
(Davidson l. c. Taf. VLIII, Fig. 7) hat einige Ähnlichkeit.

Dimensionen: Grosse Klappe 25 Mm. lang, und 16 Mm.
breit.

Productus spec. ind.

Ein unvollständiges Exemplar, welches in die Nähe von
Productus punctatus Mart. sp. gehören dürfte. Es zeigt auf der
ganzen Schalenoberfläche unregelmässig stehende Punktirungen
und mitten auf der Schale einen deutlichen Sinus.

Das Bruchstück gehört einer grossen Klappe an.

Chonetes papilionacea Phill.
(Taf. XIII, Fig. 5.)

Davidson: Brit. Carb. Brach. Taf. XLVI. Fig. 3—6.
de Koninck: Description d'Anim. foss. Carbon. de Belgique.

Es liegen mir zwei Stücke vor, welche ich zu dieser Art stellen
zu müssen glaube. Es sind kleine Exemplare mit wenig convexen

Schalen, einem mittleren erhöhten und zwei seitlichen vertieften Theilen, so dass förmliche Flügel entstehen. Die Rippen sind etwas gröber als es bei den bezeichneten Figuren dargestellt ist, sie stehen gedrängt und tragen kleine Höckerchen, wie dies Davidson (l. c.) Fig. 5 und 6 darstellt.

Dimensionen: 14 Mm. breit und 7 Mm. lang.

Pecten (Aviculo-pecten) Bouéi Vern.

(Taf. V, Fig. 8,)

Murchison, Verneul, Keyserling: Geology of Russia. Vol. II, pag. 326. Taf. XXI, Fig. 6.
Keyserling: Petschoraland, pag. 244. Taf. X, Fig. 6.

Von diesem Fossil liegen zwei verhältnissmässig gut erhaltene Exemplare vor, welche sich gegenseitig ergänzen. Während nämlich das eine die beiden Ohren deutlich zeigt, ist auf dem anderen die Schalensculptur auf das beste erhalten. Beide Stücke sind leider linke Schalen ebenso wie die von Keyserling (l. c.) abgebildeten Stücke.

Die Schale ist länger als breit, schön, aber nicht stark gewölbt, und mit der von Keyserling beschriebenen für *Pecten Bouéi* charakteristischen Rippung versehen. Acht gröbere, stellenweise etwas angeschwollene Rippen ziehen von dem spitzwinkeligen Wirbel bis an den halbkreisförmigen Stirnrand. Zwischen diese gröberen Rippen schieben sich feinere ein, und zwar zuerst zwischen je zwei eine vom Wirbel etwas entfernter beginnende, dann je eine in den neuen Zwischenräumen, wieder entfernter vom Wirbel, welche ihrerseits von noch kürzeren begleitet sind. Bei dem ähnlichen *Pecten Kokscharofi* Vern. sind nur drei feinere Rippen zwischen je zwei der gröberen eingeschaltet. Der Abfall gegen die Ohren ist nach vorne hin steil, nach hinten aber ein allmäliger. Das vordere Ohr ist etwas zerdrückt, das hintere flach concav und mit zarten Anwachsstreifen versehen. Die von Perecki *(Valdai)* beschriebene Form ist 19 Mm. lang und 14 Mm. breit.

Die Dimensionen unserer Form sind: 24 Mm. lang, die Flügel 20 Mm. breit, grösste Schalenbreite 23 Mm.

Pecten (Aviculo-pecten) Kokscharofi Vern.

(Taf. V, Fig. 6.)

Murchison, Verneul u. Keyserling: The Geology of Russia etc.
Vol. II, pag. 325. Taf. XX, Fig. 16.
Keyserling: Reise in das Petchoraland. Taf. X, Fig. 8 u. 9.

Von einem grösseren Pecten liegt mir ein Bruchstück und ein wahrscheinlich derselben Art angehöriger Abdruck vor, welche an die oben citirte Art in der „Geologie von Russland etc." erinnern, obwohl dort ein viel kleineres Exemplar zu Grunde lag. Graf Keyserling beschreibt aber auch grössere Stücke derselben Art. Die Rippen sind etwas hin- und hergebogen, und stellenweise angeschwollen. Es sind circa acht gröbere Rippen vorhanden, zwischen welchen immer je drei feinere eingeschaltet sind. Der Abdruck zeigt auf den Ohren deutliche, radial verlaufende, gekörnelte Streifen, was als Unterschied von dem verwandten *Pecten Bouéi* Vern. hervorgehoben werden muss.

Von kleineren Exemplaren liegen mehrere vor, bei welchen die hochgewölbten rechten Schalen auffallen.

Einige Ähnlichkeit hat *Pecten segregatus* M'Coy (Irland. Carbon. Foss. Taf. XVII, Fig. 3.)

Dimensionen: Ein mittleres Exemplar 40 Mm. lang, grösste Breite 44 Mm. Höhe der rechten Schale eines kleinen (25 Mm. langen) Exemplares 9 Mm.

Pecten (Aviculo-pecten) conf. ellipticus Phill.

(Taf. V, Fig. 7.)

Es liegen einige Stücke der linken Schalen eines kleinen Pectiniden vor, der mit *Pecten ellipticus* Phill. (Ill. of the geol. of Yorksh. Vol. II, pag. 212, Taf. VI, Fig. 15), übereinstimmen dürfte. Die Schale des best erhaltenen Stückes ist ziemlich stark gewölbt und bis auf eine kaum merkliche concentrische Streifung vollkommen glatt. Der Wirbel ist etwas nach vorne gezogen, ähnlich wie dies bei dem, mit *Pecten ellipticus* Phill. in Cosatchi Datchi (Miask) zusammen vorkommenden *Pecten sibiricus* Vern. (Russia and the Ural M. Vol. II. pag. 329. Taf. XXI, Fig. 7) der Fall ist, wonach die Stücke eigentlich dem Subgenus *Aviculo-pecten* M'Coy zuzuzählen wären.

Beide Ohren sind erhalten und ebenfalls glatt.

Aviculo-pecten simplex Daws. von *Shubenacadia* Winds. (J. W. Dawson: Acadian geology pag. 300) ist, wenn nicht völlig übereinstimmend, doch gewiss eine nächst verwandte Form.

Dimensionen unserer Exemplare: 12 Mm. lang, grösste Breite: 11 Mm.

Pecten (Aviculo-pecten) conf. dissimilis Fl.

(Taf. V, Fig. 5.)

Eine der häufigsten Bivalven-Formen in dem Materiale von Spitzbergen ist ein Pecten, der wohl zu *Pecten dissimilis* Fl. gestellt werden dürfte, wenn sich auch nicht die vollkommenste Übereinstimmung herstellen lässt, da die Zahl der Rippen eine etwas geringere ist.

Länge und Breite sind ziemlich gleich, der Stirnrand ist halbkreisförmig, die Ohren sind stark entwickelt und gestreift wie bei *Pecten dissimilis* Fl. Circa 36 Rippen bedecken die Schale, alle gleich stark und in gleichen Abständen von einander, nur weniger gedrängt als bei *Pecten dissimilis* Fl. (De Koninck Descript. An. foss. Carb. de Belg. Taf. IV, Fig. 27.)

Dimensionen: 13 Mm. lang, 14 Mm. breit, Breite der Ohren 10 Mm.

Ausserdem liegen auch etwas schlankere Formen vor (der Winkel am Wirbel ist ein spitzerer), welche eine ganz ähnliche Rippung zeigen. Sie sind noch weniger symmetrisch und müssten also ebenfalls zu *Aviculo-pecten* gestellt werden. Die von de Koninck (l. c. Taf. IV, Fig. 6, pag. 145) als *Pecten Phillipsianus* beschriebene Form von Visé zeigt die meiste Ähnlichkeit.

Dimensionen: 25 Mm. lang, grösste Breite in der Nähe des Stirnrandes nahe eben so gross.

Ausser den vorstehend beschriebenen Pectiniden sind noch einige andere Bivalven vorhanden, doch ist das vorliegende Materiale nicht hinreichend zur genaueren Bestimmung.

Von Gastropoden liegen nur einige wenige Reste vor, so
eine

Chemnitzia spec. ind.,

welche an *Chemnitzia acuminata* G o l d f. erinnert, wie diese von
K e y s e r l i n g (Petschora-Reise pag. 268. Taf. II, Fig. 15) beschrieben und abgebildet ist, einer verlängerten kegelförmigen,
glatt schaligen Art. — und ein kleiner

Euomphalus,

welcher jedoch keine nähere Bestimmung zulässt.

Zum Schlusse sei noch das Vorkommen von einigen Ko-
rallenresten erwähnt, deren Erhaltungszustand jedoch keine
sichere nähere Bestimmung erlaubt, doch dürfte die eine der
vorliegenden Formen zu dem Genus

Stenopora

gehören. Eine ähnliche Form bildet S t r z e t z k i (Phys. descr. of
new south Wales and Vandiemensland) Taf. VIII, Fig. 2 als
Stenopora Tasmaniensis ab, doch ist bei unserem Exemplare
keine Verästelung zu bemerken.

Rabdichnites (?) granulosus nov. spec.

(Taf. V. Fig. 9.)

Es liegen einige eigenthümliche, an Pflanzenstengel er-
innernde Abdrücke vor, welche nur schwer gedeutet werden
können. Sie stellen mehr oder weniger gekrümmte, lange, nach
beiden Seiten gleich breite Stäbchen vor, welche entweder einfach sind oder paarweise neben einander im Gesteine liegen.
Sie stechen durch ihre dunklere Färbung von dem grauen Gesteine deutlich ab, und sind an ihrer Oberfläche deutlich gekör-
nelt. Sie finden sich in unmittelbarer Nachbarschaft neben den
Producten und Spiriferen auf denselben Handstücken. Die ein-
fachen elliptischen Säulchen sind 4—5 Mm. breit und 2—3 Mm.
hoch, die doppelten aber 12 Mm. breit.

J. W. D a w s o n bezeichnet mit dem Namen *Rabdichnites*
(The canadian naturalist VII, Nr. 2: Impressions and footprints
of aquatie animals and imitative markings on carbonifervos

Rocks) gerade oder leicht gebogene, einfache oder paarweise nebeneinander liegende Abdrücke, wie sie sich in den paläozoischen Schichten ziemlich häufig finden. Sie sind halb cylindrisch und der Länge nach gestreift.

Dawson hält sie für die Ausfüllungen von Furchen, welche durch über den Schlamm hin bewegte, spitzige Objecte hervorgebracht wurden. Er denkt dabei an die Flossen und Stacheln von Fischen. Ähnliche Spuren beschreibt Torell aus den Primordialschichten von Schweden unter dem Namen *Eophyton* und Billing von Neu-Fundland. Dawson beschreibt die Formen von Neu-Braunschweig. Er führt auch die anderen Erklärungen des Ursprunges dieser Bildungen an: Salter hält sie für Eindrücke von *Hymenocaris*, Prof. Morse denkt an *Lingula*, welche ihren Haftmuskel bei Ortsveränderung über den Schlamm hinzieht; auch Gastropoden können ähnliche Spuren zurücklassen, wie Hall beschreibt. Unsere problematische Form unterscheidet sich durch die gekörnelte Oberfläche von den Dawson'schen Abbildungen. Hieher gehören möglicherweise auch die „undeutlichen Pflanzeneindrücke“, welche Professor Nordenskiöld (l. c.) von der Nordküste des Bel Sundes in der fünften von ihm unterschiedenen Schichte erwähnt.

Erklärung der Tafeln.

Tafel I.

Fig. 1. *Terebratula hastata* Sow. var.

    a. von vorne;

    b. von der Seite;

    c. von hinten;

    d. grösseres Exemplar (grosse Klappe);

    e. f, g. Stirnansicht verschiedener Exemplare.

Fig. 2. *Spirifer striato-paradoxus* nov. sp

    a. Schnabelwulst;

    b. den Schnabelwulst bedeckendes Schalenstück;

    c. grosse Klappe mit den Verkieselungserscheinungen.

Fig. 3. *Spirifer Wilczecki* nov. sp.

    a. Ansicht der grossen Klappe;

    b. „ von der kleinen Klappe.

Tafel II.

Fig. 1. *Spirifer* sp. ind.

Fig. 2. *Spirifer* sp. ind.

    Steinkerne mit Muskeleindrücken.

Fig. 3. *Productus Humboldti* d'Orb.

    a. von der grossen Klappe;

    b. von der Seite;

    c. von vorne.

Fig. 4. *Productus Koninckianus* Vern.

Fig. 5. *Strophalosia* sp. ind.

    a. Oberfläche der Schale;

    b. Abdruck der inneren Oberfläche.

Tafel III.

Streptorhynchus crenistria Phill. sp.

Steinkerne.

Tafel IV.

Productus Payeri nov. sp.

Fig. 1.   *a.* von der Seite;
           b. von vorne.

„ 2.   Ansicht von der grossen Klappe mit den Muskeleindrücken von einem kleineren Exemplare.

„ 3. ***Productus Payeri*** nov. sp. var.
      Ansicht des Schnabels der langschnabeligen Varietät.

Tafel V.

Productus Weyprechti nov. sp.

Fig. 1.   Grosses Exemplar;

„ 2.   kleines Exemplar, Steinkerne;
      a. von vorne;
      b. von der Seite.

„ 3.   Ein kleines Exemplar mit Schale.

„ 4. ***Productus*** sp. var.
      Abdruck der kleinen Klappe; die nierenförmigen Eindrücke.

„ 5. ***Pecten (Aviculo-pecten)*** conf. ***dissimilis*** Fl.

„ 6. „   „   ***Kokscharofi*** Vern.

„ 7. „   „   ***ellipticus*** Phill.

„ 8. „   „   ***Bouéi*** Vern.

„ 9. ***Rabdichnites (?) granulosus*** nov. sp.